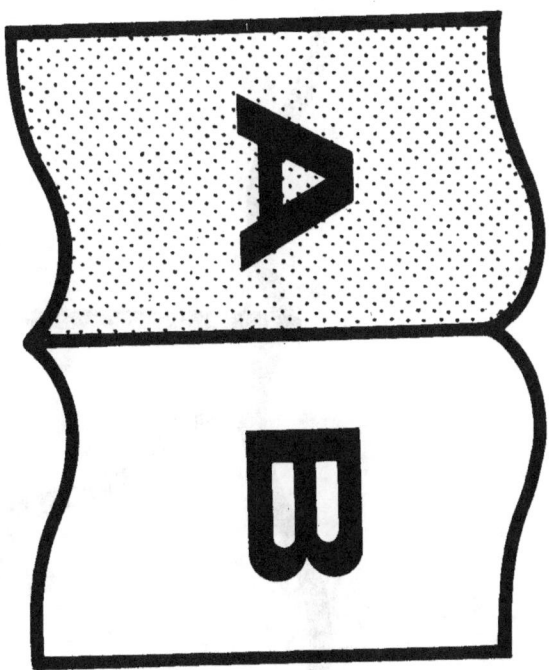

Contraste insuffisant

NF Z 43-120-14

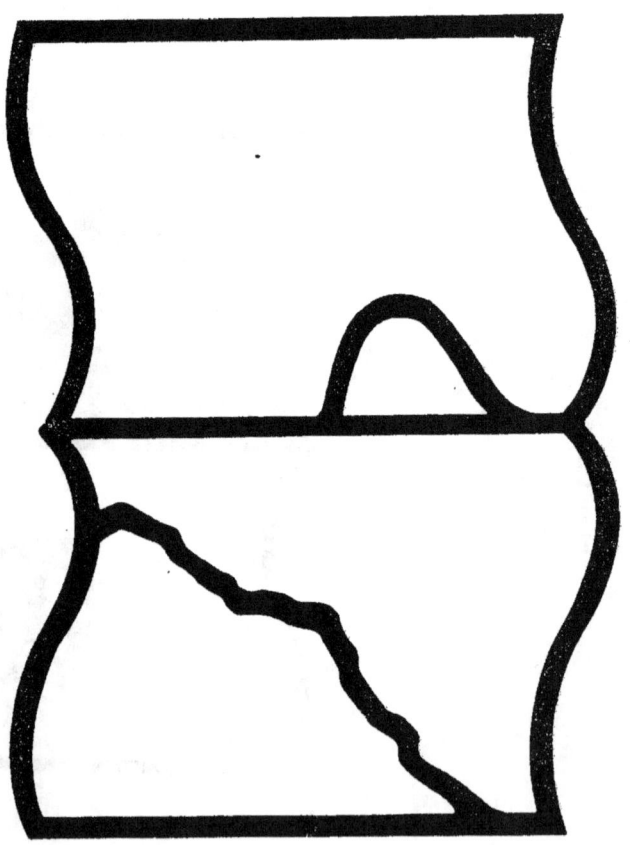

Texte détérioré — reliure défectueuse

NF Z 43-120-11

LE PETIT FAUST

Choeur des Soldats.

Paroles d'H. Crémieux et Ad. Jaime

Musique d'Hervé

ILLUSTRÉ PAR H. de STA.

Se vend UN FRANC, à Paris, en l'an 1882,

Chez Léon VANIER,

Sur le quai Saint-Michel, 19.

A Monsieur Ad. JAIME.

Du même Auteur

LA CHANSON DU COLONEL
ILLUSTRÉE

Prix........... 1 franc.

PARIS. — DE L'IMPRIMERIE ALCAN-LÉVY, 61, RUE LAFAYETTE

LE PETIT FAUST

Choeur des Soldats.

Paroles d'H. Crémieux et Ad. Jaime.

Musique d'Hervé.

ILLUSTRÉ PAR H. de STA.

Se vend UN FRANC, à Paris, en l'an 1882,

Chez LÉON VANIER,

Sur le quai Saint-Michel, 19.

 aillant guerrier, sur la terre étrangère,
Combattre est un plaisir,

 os ennemis y mordront la poussière
Et ça les f'ra mourir !

uand le militaire
Il part pour la guerre,

 l embrasse son père.
Et s'il n'a pas de père?
Il embrasse sa mère

t s'il n'a pas de mère ?
Il embrasse son frère.

 s'il n'a pas de frère ?
Il se contente alors d'embrasser sa carrière.

ontentons-nous d'embrasser not' carrière.

En avant !

Rantanplan !

Le joyeux régiment

uand la paix s'assure,
Déposant l'armure,

 l pense à la verdure...
Et s'il n'y a pas de verdure?
Il pense à sa masure.

 t s'il n'a pas de masure ?
Il pense à sa future.
Et s'il n'a pas d' future ?

t qu'est-ce que vous m'entortillez? Est-ce que nous n'ons pas tous une petite payse?

 t s'il n'a pas d' future ?

Il se contente alors de panser sa blessure.

 essieurs, vous oubliez que nous sons à cheval.

Vaillants guerriers, etc.

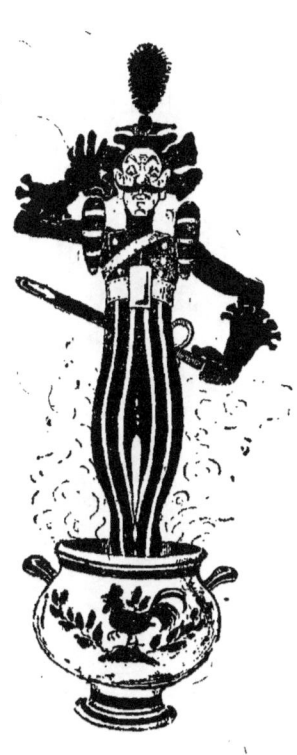

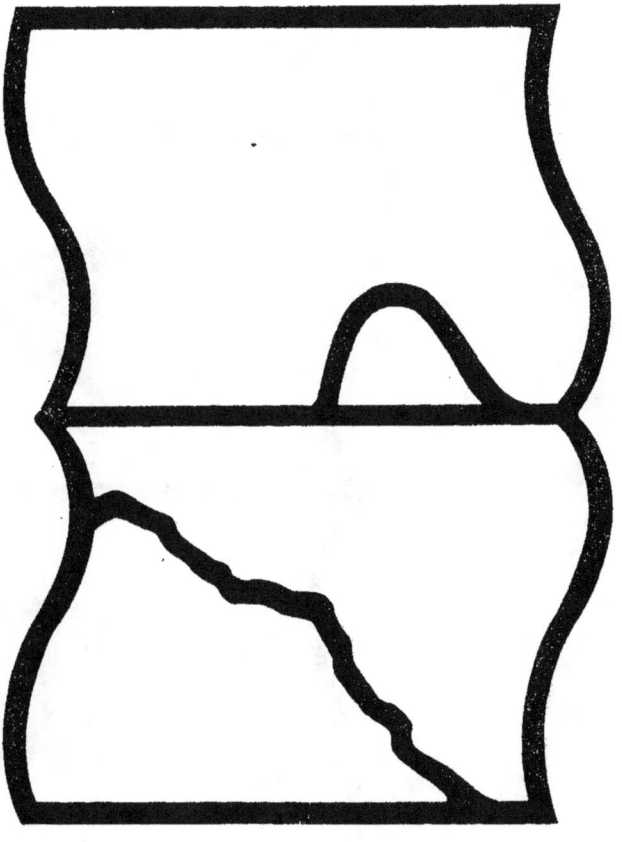

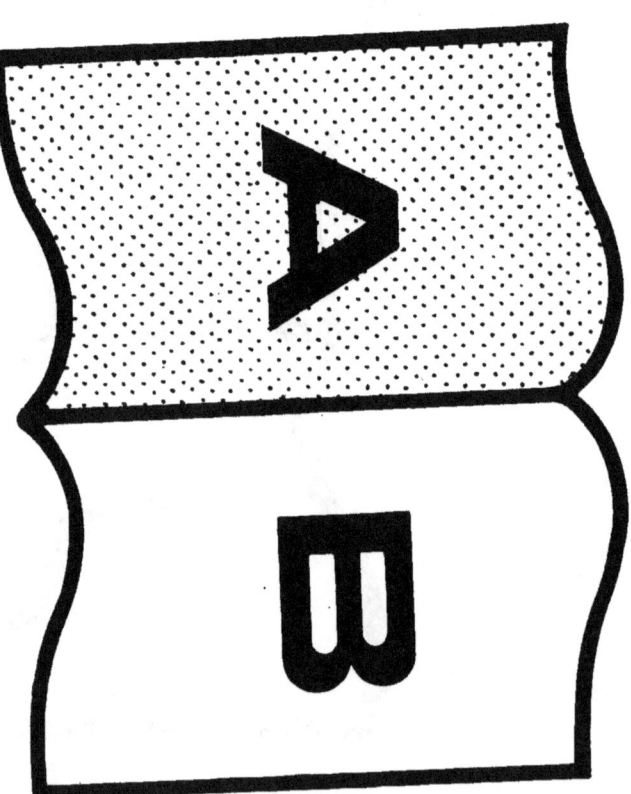

www.ingramcontent.com/pod-product-compliance
Lightning Source LLC
Chambersburg PA
CBHW060852180626
46818CB00004B/1674